서릿길

서릿길

김익두 시집

문학동네

自序

　모든 것들이 자연 생명의 깊이에서 서로 은밀히 내통
하면서 융화되어 있는 곳에의 도달, 이것이 내 시가 가
는 길이다.

　말 자체가 거느릴 수 있는 가능성들을 두루 활용하면
서, 삶의 정화된 의미들을 응축된 말로 포착해내는 것,
문자를 통해 불립문자의 영역으로 나아가는 것, 현실도
아니고 비현실도 아닌, 모든 것들이 하나로 상생하고 조
화하고 생명화되는 그런 경지에로 나아가는 것, 이것이
내 시가 가고자 하는 길이다.

　삶과 우주와의 최소한의 조화라도 이루기 위해 살아
온 이 작은 시편들이 세상의 몇몇 사람에게나마 작은 기
쁨이 될 수 있기를 바란다.

　첫 시집을 낸 지 꼭 십 년째 되는 해에 두번째 시집을
낸다. 감회가 있다.

1999년 겨울 전주에서

김익두

# 차례

## 5부 近況

1부 | 소나무

## 소나무

　여기 이 자리, 속리산 상상봉 바윗등 갈라진 틈바귀, 풍찬
노식(風餐露食)하며 단전(丹田) 호흡 어찌어찌 목숨 지녀, 비
바람 눈보라 벗삼아, 해 달 별 푸른 하늘 닿아, 이젠 꼬부라져
늙은이 다 된, 이 쓸쓸한 푸르름.

## 山村 1

산언덕 올라보면
싸리순 잘린 곳
산토끼 발자국,
눈밭에 자라난
서릿발 위에
빛나는
고독한 햇살.

땅


겨울

서릿길

오

적막강산,

얼지 않은

옹달샘

따스한

당신.

## 山村 2


김장 끝낸 초겨울
눈 온 날 아침
인기척은 없고
닫힌 사립문 너머
함박눈에 파묻힌
당신의 신발.

굴참나무


그대를 사랑했다
세상은
때로,
새파란 하늘 밑
꼼짝 않고 명상에 잠긴,
저 검고도 완고한
굴참나무 같다.

## 불혹의 엽서

내 나이 사십

소주 맛이 들 때,

그대,

소주처럼

보고 싶구나.

그렇게

쌉쓰르하고,

짜르르하고,

맑게.

## 초겨울, 완산


그대 없는 숲에서 나무를 본다.

아이는 이제 아홉 살,
이대로 산을 내려가긴 싫다.

숲은 고요하고
새들은 없다.

잠시,

희끗희끗 눈발이 보이기 시작하고
아이의 질문도 잠시 멈춘 사이,

나무들은 기쁘다.

## 赤墳의 노래

새로 잡은 이 붉은 쉼터
봄 풀이 돋듯,

그대 고웁던 얼굴에도
봄빛은 오는가.

어머니 어머니라고 부르던
강 언덕,
이제 나는 혼자 있다.

보춘화 이파리 몇 잎
석양에 빛나고,
얼음 위에 비쳐오는 당신의 모습

여울 물소리
그리고, 이제 바람이 차다.

저녁 해 뉘엿뉘엿,
얼음 밑
새파랗게 언

버들치 몇 마리.

그리운 당신.

# 개똥지빠귀

혼자 어깨 오그리고 책 보는
연구실 근처 성글어진 숲 속
이리저리 날며 지빠지빠
겨울 숲 속 목쉰 개똥지빠귀 한 마리.

이제 내 오버코트는 도련이 낡고,
소매 끝엔 하얗게 보풀이 인다.

지상에서 보내는 마흔네 해째 겨울,
개똥지빠귀 목쉰 노랫소리에
문득, 눈이 가 멎는 허름한 내 입성

십이월 중순, 날씨는 흐리고 차다.

2부 | 立春 무렵

## 立春 무렵

싸늘한 날씨에 햇볕 따스하다. 출근길 길가에 참벗나무, 온
몸에 반지르르하게 윤기 돌고, 아직 솜털도 없는 어린 쐐기
들 아직, 고 알록달록한 작은 알집들 속에서, 꼼짝 않고 있다.

# 희망의 노래


쓰레기차에 매어달려
쓰레기 청소차에 매어달려
늙은 두 사내가 담배를 피우며 간다.

아침 새벽에 일어나
사람들이 함부로 버린 것들을
정성껏 담아 치우고는
쓰레기차 뒤꽁무니에 매어달려 다시,
또 다음 버려진 곳을 향해

서로들 잠시 외면한 채,
한 손으론 쓰레기차 뒷난간을 붙잡고
한 손으론 담배꽁초를 피워 물고
또다른 버려진 곳으로 가는 사이,

잠시,

이월 하순의 따스한 햇살이 하늘에서 내려와
이들을 따라가며 가만가만 비춘다.

숙여진 고개, 희어진 머리카락, 내려진 이들의 어깨를
내려와 비추는 햇살에,

세상은 잠시 빛난다.

# 三月

봄은 오는가
먼산 바래다,

뿌옇게 흐린 하늘 밑
검은 나무들

피고 지는 고통을
잠시 억누르고

언제까지나
저렇게
묵묵히,

긴 침묵 속에
아직,
쉬고 싶은 나무들.

# 봄날, 갑자기


이 봄
어느 골짜기,

봄물 보러 가리.

그저
혼자,

봄물 콸콸 솟아나는 골짜기로,

생명 보러 가리.

# 순녀

맑아오는 물 속
다시 움직이는
마알간 가재들

해질녘 같이 놀던
너의 샘물은
아직 차다.

오오래 잊고 있던
우리 고향 언저리

내 마흔네 해째 봄날
부슬부슬 봄비는 뿌려,

뽀얀 안개비
어렴풋한 추억 속에

내 어릴 적
고향
소꿉동무.

# 完山에서

증조할아버지 나신 곳 박천 땅으로부터
몇 마장만 더 가면 봄마다 꽃 속에 묻히는 곳,
평안북도 영변의 봄은 아직도 편안할까.

여기, 이 아침 안개 속에 물끄러미 내려다보면
저 완산주(完山州)의 배금주의가 별게 아니듯,
영변(寧邊)의 약산(藥山) 동대(東臺)에서 내려다보면
평양의 김일성주의도 별게 아니리.

비 온 날 아침
뻗쳐오르는 저 힘찬 햇살 아래서
이 나라 완산 정기를 흠뻑 머금고,
모든 초목군생들이 다시 살아 숨쉰다.

## 새로운 사랑 노래

이 봄,
다 핀 꽃이여.

더이상 퍼덕일 수 없는
지친 날개 접어,

나도,

홀가분히 텅 비운
푸른 그늘 안으로,

서늘히 서늘히 안겨들고 싶어라.


지친 날개
후루룩 털고,
터엉 빈 그늘 안에 들어 쉬고 싶어라.

꽃이여,

내 마지막 몸짓으로
빈 중심으로 뛰어들 때,

마지막 그대의 떨림으로,
내 마지막 사랑의 호흡을
푸른 하늘로 불어넣으렴

꽃이여.

## 墓碑銘

오래도록 기다리던 당신
내게로 올 때,
나 이제 세상에 없으리니,
햇살 따스히 내리는 이 언덕에
잠시,
쉬었다 가라.

3부 | 풀의 노래

## 메꽃

봄 학기 끝날 무렵
풀 베는 일손
아직 오지 않은 사이,

연구실 앞 향나무 위로
벋어 올라 핀,

메꽃.

그 한 송이 순수에 한동안
매어달려 빛나는,

오오
내 삶의
오롯한

기쁨.

## 씀바귀꽃

흐드러진 봄꽃 다 피고 진 뒤
능소화꽃 아직 피지 않은 사이
짙푸른 유월의 막막한 풀밭을
씀바귀꽃 저 혼자,
자잘한 꽃등불
노오랗게 밝히고 섰네.

## 空所

빈곳이 있어야 그대는 좋아.

빈곳이 있어야 그대는 좋아.

모든 곳이 다 풀과 이슬에 젖어,

숲이 되어버린,

세월이 되어버린,

무덤 같은 여자여,

그대가 좋아.

# 六月

참대 죽순
밋춤히
자라 올랐고,

소나무 숲
차지게
짙푸르다.

잘 삭힌 우리 식구
똥오줌 기운으로,

돌담 위에 호박넝쿨
힘차게 뻗어가고,

국수나무 숲 속에
뱁새 가족
조용하다.

# 月下家族圖

오랜만에 고향에 돌아왔다.
달빛이 빛 바랜 사진틀을 비춘다.

희미하게 드러나 보이는 역사,
한 틀 속에 갇힌 채 오늘도
뿌우옇게 낡아간다.

반딧불이 한 마리 스쳐 지나는 순간,
그들은 잠시 푸르게 빛난다.

## 길가에서

오늘도 반지르르하게 윤을 낸 당신, 반지르르한 자동차 타고 어디론지 바삐 달려간다.

길가의 뿌연 잔디밭 속에는 아직, 당신이 버리고 간 납먼지를 뒤집어쓴 어여쁜 씀바귀꽃 한 송이 피어 있고, 씀바귀꽃 속에는 당신이 남기고 간 작디작은 사랑의 씨앗들이 여물고 있다.

지금도 어딘가로 자꾸 달려가야만 한다고 생각하고 있을 당신.

## 풀의 노래

사람들 잠시 한눈파는 사이
우리들은 아무 데나 지천으로 모여
스스로 한세상을 이룬다.

사람들이 잠시 잊고 딴 짓 하는 사이
우리들은 일제히 순식간에,
버려진 빈곳들을 온통 푸른 천지로 뒤바꾼다.

사람들이 콘크리트 도벽으로 막고 가려도
우리들은 어디든 바람만 불면 날아가
죽임의 습지도 살림의 초원으로 되살린다.

절망이 있는 곳은 어디에나 희망도 있다고
우리들의 마지막 철창 틈새기에까지 날아가 싹터,
갇힌 생명의 자유를 온몸으로 노래한다.

남들이 세상을 온통 파괴와 살기로 뒤흔드는 동안,
우리의 사랑은 오늘도 끊임없이
무성히 무성히 자라 퍼진다.

4부 | 도라지꽃

## 도라지꽃

하얗고 단단한

당신의 치아

혹은,

가물한 쪽빛 하늘.

팍팍하게 메마른

석별 바위틈,

이 나라 삼천리

이르는 곳곳마다,

꼿꼿이 뿌리내리고

맑게 그리운

당신.

선암사


말을 버리고 명상에 잠긴
나무들의 고요 숲의 고요
인적은 하나도 보이지 않고
모두들 풀과 나무가 되어
가끔 바람에 흔들릴 뿐.

## 도랑을 친 뒤

쪽빛 달개비꽃 그림자 차차 살아난다

숨었던 버들치 몇 마리 다시 나와 논다

웅크린 바위 밑 흰 모래와 자갈 사이

볼록볼록 작은 샘구멍들 솟아난다

맑은 하늘 은빛 낮달 내려와,

마알간 술가재들 요람이 된다

## 물의 노래

그리운 사람아,

쌀밥 해 먹은 뜨물 차차 맑히며
흐르다가 가끔 금모래로 눈물 반짝이며,
기름종개같이 마알갛게,
갓 깨어난 술가재같이 마알갛게,
모래 사이 사알짝 묻히기도 하며
숲 우거진 골짜기
한 천년,
아득히 풀 푸른 들
한 만년,
가끔 여울 소리로 도란거리며
가재나 키우고,
모래무지나 놀리고,
해질녘 하루살이 뽀오얗게 뜰 때,
소금쟁이
몇 마리
가슴에 띄우고

그리운 사람아.

山村 4


물소리
시리게 마알간
산골,

가물한 가을 하늘
상상가지
끝,

석양빛에 반짝이는
붉은 대추
한 알,

쓸쓸하구나.

## 山居

추수 끝난
논두렁 길
노오란 감국(甘菊)

앞산 밑
심심히
오르는 연기

멀리,

지리산 허리에
빛나는
눈,

맑아질 대로 맑아진
물가로 내려가,

물끄러미
심연을
들여다본다.

## 歸鄕 1

낡은 새집 하나뿐이로다.

그늘진 바람,

그늘진 나무,

메주 뜨는 냄새,

메주 뜨는 냄새,

낡은 호박 한 덩이뿐이로다.

## 歸鄕 2


오랜만의 귀향
잿간에 앉아 똥눌 때,
문틈으로 비치어드는 햇살이여,
햇살에 자세히도 자세히도 보이는 먼지여,

세상이여.

# 할머니

노오란 감국(甘菊)
핀 길 따라가면
물가에 이르고,

물가엔
새파란 무밭,

무밭 지나면
굴참나무 숲,

굴참나무 숲에 들면
옹달샘 하나,

옹달샘 가에 놓인
맑은 정화수,

정화수 앞에
낡은 목수건.

## 소망

잘 익으면,
똥오줌도 냄새를 그친다네

하늘의 해와 달도 내려와 비치고,
남 몰래 제 얼굴도 비춰 보기 좋은
희한하고 희한한 소망 거울 된다네

보리밭에 내면 잎줄기가 실해지고
채마밭에 뿌리면 채독(菜毒)도 안 생기는,
차지고 기름진 참거름이 되고

우리나라 호남 서해 바닷가,
오지항아리에 골탁하게 익혀,
맛과 향기 뼛속에까지 사무치는,
갈치 속젓처럼 된다네

무엇이든 삭히고 또 삭히면
좋은 소망이 된다네

술 거나하면 가람과 미당도 노래하던,

이 나라 최고의 거울

잘 익은
우리의
똥오줌
항아리.

# 전화번호

이제는 이 세상에 없는 그 사람
한때는 상여 소리를 아주 잘 불렀고
산자락 외딴 초가 황토 마당가엔
이쁜 댑싸리도 둘러 가꾸고 살던 사람
남원군 수지면 호곡리 박실
전화번호만 남기고,
어디론지 혼자 떠나버린 사람.

## 술맛

장사 안 되는
외딴집,

되리라고는
생각도 않는 집,

풋마늘 한 대궁에
막걸리 한 모금,

혼자 기울이는,
이 쓸쓸한
맛.

## 화해

친구와 이별하고
돌아서는 길,

새들이 비비
뱃종,

성근 나뭇가지 위에서 운다.

연기가 낮게
드리운 11월,

나무들은 조용히,
굳게,
그리고도 부드럽게,

서서 있다.

오종종
나뭇가지들 위에서
비비

뱃종,

지난여름 알 깨어 나온
둥짓가에 둘러앉아,

이미 그곳
고향을 잊고

그 잊음으로,

그들은
스스로,

자연의 일부가 된다.

## 초가을 편지


달개비꽃들이 불꽃같이 타오른다는 말의 감동을
당신께 전해드리고 싶어요.


여뀌풀꽃들이 이렇게
혼자 보는 산골 하늘에 소금별밭같이 애잔하게 흐느낀다는
말의 감동을
꼭, 당신께 전해드리고 싶어요.


사람들이 모두 집으로 돌아간 이 가을
쓸쓸한 봇도랑 물가에 무리져 피어난
자잘하디자잘한 저 소금빛 순정의 흐느낌들을.


다시 보면 꽃판 둘레엔 선연한 연분홍입니다.


영화거미줄에 매어달린 이슬들이
아침 햇볕으로 빛나고 있어요.


이제 숲은 다시 성글어지고,
당신에게로 가는 작은 오솔길이
조금씩 조금씩 보이기 시작합니다.

아직, 겨울에 있는
당신.

## 샛별을 노래함


이제는 어둠 속으로 아주 영영,
어두워져버리고 싶다고 생각할 때
문득,
서편 하늘에서 당신을 보았습니다.

이제는 모든 걸 다 끝내고,
편안하고 아득한 무덤 속으로
스러져버리고 싶다고 중얼거릴 때,
서편 하늘 無明 속에서 당신을 보았습니다.

이 기나긴 겨울밤을 어떻게 홀로
추위에 오그리고 떨며 지새울까 걱정하는 저녁,
꿈으로 온밤을 뒤척이고 난 새벽녘,
동쪽 하늘에서 또 새로 반짝이는
당신을 보았습니다.

해가 지고 밤이 오는 저녁 길목 어스름
모든 빛과 길들이 지워지는 막막한 땅거미에도
서편 하늘에서 또 당신을 보았습니다.

기나긴 *忍苦*의 밤을 견디고
이젠 새날이 밝는구나 안도하는 아침에도,
동편 하늘에 아직도 이상하게 반짝이고 있는
당신을 보았습니다.

밤도 아니고 낮도 아닌,
빛도 아니고 어둠도 아닌,
삶도 아니고 죽음도 아닌 그 모든 사이사이,

아아,
우리의 간절한 희망과 절망 사이에서,

오늘도 빛나는 당신.

## 안부 4

출근길에 문득, 국화가 피었구나.

나는 늘 무언가에 사로잡혀 산다.

산당화 열매 몇 개 노오랗게 익어 있고,

당신의 작은 어깨 너머에서,

낙엽들은 하나 둘 떨어지기 시작한다.

# 새우잠의 팔굽베개
## ─素月調

술 마시고 혼자,
팔베개로 오그려드는 잠은 편안하여라.

새우마냥 제 팔 베고
오그리고
혼자,

어느 산천,
어느 숲 속,
어느 개울가,

홀로
찾아가,

술 마시고 혼자
팔베개로 오그려드는 잠은 편안하여라.

## 강원도

산과 산 사이
골과 골 사이
혹은,
옹기종기 모여
혹은 멀찌감치씩 따로따로,
다사로운 햇볕 아래
이제는 모두,
고요히
생각에 잠겨 있는,
저 행복한
명상의
굴피집들.

# 일상
—숲에서


내 옆에 누가 있었던가
하고 물을 때,
햇볕 한 줄기 고요히 내려와
내 손등을 어루만진다.

어느 날 먼길 떠날 때
내게도 누가 따라오며 배웅해줄까
생각할 때,
바람 한 줄기 서늘히 다가와
내 가느다란 손금들로 지나간다.

얼마간의 노동으로 번
쌀과 물 한 잔으로,
하루의 삶은 그래도 간다.

## 고목을 보며

상처를 남기지 말자
상처를 만들지 말자
저 많은 생채기들을 지우느라 고목은,
평생을 온통 고통으로 뒤틀리고
악몽으로 온밤을 뒤척인다.
다시는
상처를 남기지 말자.

# 만년필

낡아가는 만년필에
잉크를 넣는다
손톱에 파랗게 묻어나는 잉크,
농담과 강약과 느낌이
그래도 조금 살아나는 시간

컴퓨터 자판에서 사라진
내 감각세포여
지문이여,
불쌍히 죽어간
내 뇌수들이여.

느낌을 찾아, 감각을 찾아,
오늘도 나는,
낡아가는 내 만년필에 잉크를 넣는다.

## 사마귀

한 사내가

한 계집 속으로 들어간다.

잠시 뜨는 찬란한 쌍무지개,

암컷 속에

다하지 못한 자신을 남기고,

마침내 사내는 죽는다.

5부 │ 近況

# 石油

얼마나 깊이 맺힌 冤恨이더냐,
억만년 九天에서 치솟아나와,
몇 만리 지중해, 남지나해 지나,
한 많은 한반도 이 조선 천지를,
시커먼 네 어둠으로 뒤덮느냐

# 近況

더운밥 한 그릇
고추장에 썩썩 비벼,

고들빼기 김칫가닥
밥술마다 걸쳐가며,

게눈 감추듯,
게눈 감추듯,
싸악 비우고

콩나물국 한 그릇
후루룩 마신다.

# 양귀비 피던 마을

남편과 사별하고 자식들이 모두 도회로 떠나 홀로된 할머니가 한 분, 우리 동네 윗마을에 적적히 살았습니다.

혼자 지내는 그 쓸쓸함을 조금이나마 달래고파, 텅 빈 뜨락에 까아만 앵속씨를 골고루 뿌렸습니다.

가느다란 봄비가 두어 차례 지나가고, 오월 꾀꼬리가 마을 뒷산 굴참나무 숲에 날아와 울 때, 집 안은 온통 붉은 양귀비 꽃밭으로 화안했습니다.

어쩌다 정말 어쩌다 한 번씩 들르는 면소재지 우체부 아저씨가, 할머니 아들의 편지를 전하러 왔다가, 이 찬란한 경치에 놀라, 아랫마을 파출소에 이 꽃소식을 알렸습니다.

파출소에서 나온 순경 아저씨는 이 찬란한 장관에 더욱 활짝 놀라 할머니를 모셔다가 본서에 넘겼고, 본서에선 다시 할머니를 마약법 위반 혐의론가 멀리 대처에 있는 유치장으로 보냈습니다.

흰 눈이 펑펑 우리나라 새로 이은 초가지붕들 위에 푸근히 내려 쌓이는 한반도 초겨울, 마을 당산나무 위에 때까치들이 모여 우짖는 겨울 어느 날, 면회하러 온 자식들과 일가친척들과 인근 마을 할머니들을 쳐다보며 할머니는, 평생을 죄 모르고 산 늙은 암소 눈으로, 감옥소 면회실에서 앵속씨같이 울었습니다.

## 南雲先生傳

허균이 와 살던 전라도
항열에서 생겨나
어려선 눈빛이 초롱한
신동으로 불리었으나
자라선 몸이 眞人처럼 커져서
산을 좋아하게 되었다.
한때 장가를 들어
아내를 둔 적이 있었으나
여색은 별로 좋아하지 않았다.
중년이 지나면서부터
술을 몹시 즐기어
한번 대작하면
북두를 기울여 시간 가는 줄 몰랐다.
사람들이 혈육이나 집안을 찾을 때에도
그는 산으로 갔으며,
명절이 닥쳐와도 그는,
산 위에서 세상을 내려다보며
혼자 시절 맞기를 좋아하였다.
사람을 사귀되,
겉모습의 청탁을 가리지 않았으며

그 마음의 생김과 쓰쓰이를 보고 하였다.
어린 학동들을 만나
학문을 논하기를 좋아했으나
지나친 논구는 꺼려했다.
환갑이 가까워오면서 그는
산에도 가지 않았으며,
도시 변두리 어느 계곡 속에다가
작은 흙집을 짓고,
한 달에 한두 번 밖에 출타했다가
돌아올 따름이었다.
사람들은 그를 거의 볼 수가 없었으며,
집으로 찾아오는 사람들의 기미도 드물었고,
가끔 텃새들이 몇 마리 찾아와 울다 가곤 했다.
얼마가 더 지난 후 사람들은,
그의 집이 비어 있는 것을 알게 되었다.

# 여백의 시학

오형엽(문학평론가)

김익두의 시를 전체적으로 지배하는 분위기는 정밀감(靜謐感)이다. 그것은 파시스트적 속도를 자랑하는 세속 도시의 번잡함에서 멀리 떨어진, 시골 마을의 일상과 자연의 풍경을 응시하는 시선에서 생겨나는 듯하다. 그런데 이 정밀감의 아우라는 고독 혹은 공허의 느낌과, 평화 혹은 희망의 느낌을 동반하고 있는 듯이 보인다.

산언덕 올라보면
싸리순 잘린 곳
산토끼 발자국,
눈밭에 자라난

서릿발 위에
빛나는
고독한 햇살.

　　　　　　　　　　　　　―「山村 1」 전문

　겨울철 산골 마을에서 볼 수 있는 하나의 장면을 포착한 작품이다. "싸리순 잘린 곳" "서릿발" "고독한" 등의 시어는 이 시의 정밀감에 상실감과 적막감을 드리운다. 그러나 "빛나는/고독한 햇살"은 이 적막감에 한 줄기 희망의 빛을 던져주는 듯하다. 이 시에서는 눈밭에 난 산토끼 발자국과 서릿발 위의 햇살을 바라보는, 시인의 세심하고 투명한 시선을 느낄 수 있다. 소박한 단형시이지만, 작고 하잘것없는 대상에 대한 세밀한 관심과, 대상을 카메라의 렌즈로 응시하는 듯한 소묘의 기법이 인상적이다. 이처럼 김익두의 시는 시상을 짧은 호흡에 담아내는 단형시의 특징을 지니지만, 세밀한 시선과 정밀감으로 인해 시적 울림과 긴 여운을 전해준다. 그러면 이 울림과 여운을 낳는 시적 계기는 무엇일까? 그리고 정밀감 속에 스며 있는 '빛나는 고독'은 어디서 연유하는 것일까?

그대를 사랑했다
세상은
때로,
새파란 하늘 밑
꼼짝 않고 명상에 잠긴,

저 검고도 완고한
굴참나무 같다.

―「굴참나무」전문

　이 시는 전체적으로 1행의 전반부와 2행 이후의 후반부의 대비로 이루어지는 듯이 보인다. "그대를 사랑했다"라는 하나의 문장으로 압축된 시인의 지향은, 서정시의 본질을 내포한다. '그대'는 연인이기도, 추구하는 이상적 가치이기도, 삶의 목표이기도 하다. 한용운과 김소월의 시를 포함한 대부분의 서정시에서, 이 '님'에 대한 사랑은 과거의 회상이나 미래에 대한 기대를 통해서만 성립한다. 서정시의 기본적 지향점으로 설정된 '그대'는 현실태가 아니라, 그리움과 동경의 가능태로만 존재하는 것이다. 김익두의 시에서 그대에 대한 사랑은 "굴참나무"와 같은 "검고도 완고한" 세상에 부딪쳐 좌절되고 만다. 이 미완의 사랑, 혹은 상실한 삶의 가치와 목표로 인해 김익두 시의 쓸쓸함과 공허의 정조가 생겨나는 것으로 보인다.

　그런데 여기서 유의할 것은, 시인의 사랑을 막는 세상의 정체인 굴참나무가 "새파란 하늘 밑"에서 "명상에 잠"겨 있다는 점이다. "검고도 완고한" 굴참나무는 냉엄하고 어두운 세상의 현실을 보여주지만, '새파란'이란 색채와 '명상'의 이미지는 그 속에서 틔우는 희망의 싹을 암시한다. 따라서 김익두의 시선은 시인의 사랑을 가로막는 검고도 완고한 세상 내부에서, 그것을 이겨낼 새파란 하늘과 새 생명을 응시하는 것이

여백의 시학　83

다.

　결국 김익두의 시가 주는 긴 여운과 시적 울림은, 고독과
절망에서 신생과 희망으로 전이되는, 이러한 내적 전환의 계
기에서 생겨나는 것으로 보인다. 쓸쓸함과 따뜻함, 공허와 희
망이 교차하는 듯한 김익두 시의 정밀감은 이러한 전이의 과
정을 내장하고 있는 것이다. 그렇다면 김익두의 시에서　전이
의 과정을 숨기고 있는 정밀감은 어떤 시적 장치를 통해 형
상화되는 것일까?

　　그대 없는 숲에서 나무를 본다.

　　아이는 이제 아홉 살,
　　이대로 산을 내려가긴 싫다.

　　숲은 고요하고
　　새들은 없다.

　　잠시,

　　희끗희끗 눈발이 보이기 시작하고
　　아이의 질문도 잠시 멈춘 사이,

　　나무들은 기쁘다.
　　　　　　　　　　　　　　　　　—「초겨울, 완산」 전문

이 시는 김익두 시의 특징을 함축하고 있는 작품이다. 1연 "그대 없는 숲에서 나무를 본다"는 김익두 시인의 시작 상황과 태도를 압축하여 보여준다. 앞서 '님'과의 이별, 혹은 가치의 상실로 인한 그리움이 서정시의 본질을 이룬다고 했는데, 김익두의 시는 이 그리움을 자연적 배경과 대상을 통해 승화시킨다. "숲에서 나무를 본다"는 자연을 시적 배경과 대상으로 삼는다는 기본적 의미를 넘어서, 시인의 삶의 근거와 사유의 원리를 암시한다. 2연에 나타난 '산'도 사람들이 사는 마을의 인위성과 세속성을 벗어난 자연의 공간이다. '산'과 '숲'과 '나무'로 대변되는 자연의 질서는 유기적 생명의 원리를 따른다. 그대에 대한 그리움을 산에 올라 숲에 서서 나무를 응시하는 자세로 드러내고 있다는 점에서, 김익두의 시는 인간과 자연을 유비적으로 사유하는 유기체적 인식을 근거로 한다고 볼 수 있다.

3연의 "숲은 고요하고/새들은 없다"는 이 자연의 공간이 지닌 적막과 고독을 보여주는 듯하다. 그러나 마지막 연의 "나무들은 기쁘다"에서 보듯, 이 적막과 고독 속에서 시인은 그것을 역전시키는 희망을 발견한다. 이러한 전이는 단 하나의 단어로 형성된 4연의 "잠시"를 통해 이루어진다. 그것은 "아이의 질문도 잠시 멈춘 사이"의 '사이'에서도 나타나는, 순간의 '여백'이며 '빈틈'이다. '여백'과 '빈틈'은 시적 언술에서 '침묵'의 형태로 나타나는데, 이 여백과 침묵의 깊이를 통해 김익두의 시는 적막을 희망으로 전이시키며, 겨울 속에서 봄을 발견한다. 결국 김익두 시의 '여백의 시학'은 신생과 역전의 정신을 내장하고 있는 것이다.

한편 우리는 이 시에서 김익두 시의 또다른 특징들을 발견할 수 있다. 첫째는, "아이는 이제 아홉 살"과 "아이의 질문도 잠시 멈춘 사이"에서 엿볼 수 있듯, 시적 사유를 자연과의 유비를 통해서뿐 아니라, 일상적 삶에서도 끌어내고 있다는 점이다. 일상적 삶의 세부 속에서 시상을 발견하는 자세는 삶과 시를 밀착시키려는 의도에서 생겨나는 것이다. 김익두 시가 보여주는 진솔함과 삶에 대한 웅숭깊은 인식도 이러한 태도에서 기인하는 것으로 보인다. 둘째는, 계절 감각을 중요한 시작의 계기로 삼고 있다는 점이다. 이는 단순히 계절을 시간적 배경으로 삼는다는 의미를 넘어, 순환적 시간의 흐름이라는 우주적 리듬에 자신의 몸과 의식을 내맡기고 있음을 의미한다. 그리하여 이 시간의 순환성 속에서 죽음을 이겨내는 신생과 희망의 빛을 발견하게 되는 것이다. 제목에서 보듯, 이 작품은 초겨울을 계절 배경으로 삼으면서, 그 적막과 고요의 분위기 속에서 희망을 발견하고 있다. 겨울 속에서 봄을, 적막 속에서 생명을 발견하는 모티프는 이번 시집의 전반적인 주제를 대변한다고 볼 수 있을 것이다. 겨울—봄—여름—가을로 진행되는 시집 전체의 구성도 이러한 계절 감각과 주제 의식을 뒷받침하는 것으로 보인다.

자연은 그곳에 속한 생명체들의 내면적 마음의 질서와 드러난 물질적 현실의 질서를 하나의 관계로 묶어준다. 이 질서와 관계를 형성하는 중요한 계기는 '계절'의 순환으로 대변

되는 시간의식이다. 결국 김익두 시에 나타난 '자연'과 '일상 생활'과 '계절 감각'은 인간과 자연과 우주를 하나의 거대한 생명 공동체로 보는 시의식을 보여주는 것이다. 유기체적 사유는 생명의 깊이를 통해 인간과 자연과 우주를 상호 침투하고 융합되는 하나의 운명으로 간주한다.

　지금까지 살펴본 김익두 시의 특징은 '여백'을 통해 '겨울 속에서 봄을 발견하기'로 요약될 수 있을 것이다. 그런데 겨울의 적막과 어둠을 극복하는 '여백'과 '빈틈'은 다양한 스펙트럼으로 형상화된다. 다음의 시를 살펴보자.

　(1)나도,

　　홀가분히 텅 비운
　　푸른 그늘 안으로,

　　서늘히 서늘히 안겨들고 싶어라.

　　지친 날개
　　후루룩 털고,
　　터엉 빈 그대 안에 들어 쉬고 싶어라.

　　꽃이여,

　　　　　　　　　　—「새로운 사랑 노래」중에서

(2)사람들이 잠시 잊고 딴 짓 하는 사이
　우리들은 일제히 순식간에,
　버려진 빈곳들을 온통 푸른 천지로 뒤바꾼다.

　사람들이 콘크리트 도벽으로 막고 가려도
　우리들은 어디든 바람만 불면 날아가
　죽임의 습지도 살림의 초원으로 되살린다.

　절망이 있는 곳은 어디에나 희망도 있다고
　우리들의 마지막 철창 틈새기에까지 날아가 싹터,
　갇힌 생명의 자유를 온몸으로 노래한다.
　　　　　　　　　　　　　—「풀의 노래」 중에서


　(1)은 '여백'의 모티프가 '그늘'과 '휴식'의 이미지를 중심
으로 형상화된다. 시적 화자는 봄을 맞아 "더이상 퍼덕일 수
없는/지친 날개"의 자신을 발견한다. 그리고 꽃의 "홀가분히
텅 비운" "푸른 그늘 안으로" 안겨들기를 원한다. 꽃의 "텅
빈" 여백은 "푸른 그늘"을 지니고 있어서 지친 화자에게 영
혼의 휴식을 가져다주는 것이다. 그리하여 시의 후반부에서
"내 마지막 사랑의 호흡을/푸른 하늘로 불어넣으렴"이라는
희망으로의 전이가 가능해진다. '여백'이 지닌 이 '그늘'과
'휴식'의 이미지는 나뭇가지에 달린 "어린 쐐기들 아직, 고
알록달록한 작은 알집들 속에서, 꼼짝 않고 있다"(「立春 무

렴」), "긴 침묵 속에/아직,/쉬고 싶은 나무들"(「三月」) 등에서
도 나타난다. 그리고 이 '그늘'은 "말을 버리고 명상에 잠긴/
나무들의 고요 숲의 고요"(「선암사」), "고요히/생각에 잠겨 있
는,/저 행복한/명상의/굴피집들"(「강원도」) 등에서 '침묵'과
'명상'의 이미지와도 연결되며 형상화되기도 한다. 그늘과 휴
식, 침묵과 명상은 적막에서 신생을 찾기 위해 시적 화자가
자연의 일부가 되는 과정을 보여준다. 그늘 속에 깊이 들어
침묵하고 명상하는 것은, 삶을 정화하고 죽음을 물리치기 위
해서는 먼저 자연과 하나가 되어 이전의 자신을 버리는 작업
이 선행되어야 함을 보여주는 것이다.

(2)는 "버려진 빈곳들"을 "푸른 천지"로 바꾸는 '풀의 사
랑'에 대해 노래한다. '풀'은 미약하고 비천한 존재인 듯하지
만, '사람들'의 '죽임'의 행위에 대항하는 '살림'의 속성을
지닌다. 죽임을 살림으로 전이시키는 계기는 '빈곳'으로 상징
되는 틈과 여백을 통해서이다. 이 여백은 "사람들이 잠시 잊
고 딴 짓 하는 사이"의 '사이'와도 의미 연관을 이루면서,
"콘크리트 도벽"이나 "철창 틈새기"에 생명과 자유의 싹을
틔운다. 절망의 공간에서 희망을 발견하는, 이러한 역전의 정
신은 '여백의 시학'을 여실히 보여주는 것이다.

지금까지 김익두 시의 정밀감에 적막과 희망의 느낌이 교
차하는 이유를, 겨울 속에서 봄을, 절망 속에서 희망의 빛을
발견하고 전이시키려는, '여백의 시학'에서 찾았다. 그런데
이와 관련하여 그 전이를 가능케 하는 '응시의 시선'도 정밀
감의 한 계기를 이룬다는 점을 확인할 필요가 있다. 대상을

바라보는 시인의 응시의 시선에는 '거울'처럼 대상을 비춰주
며 불순물을 정화시키는, '물'의 이미지가 내포되어 있다.

> 추수 끝난
> 논두렁 길
> 노오란 감국(甘菊)
>
> 앞산 밑
> 심심히
> 오르는 연기
>
> 멀리,
>
> 지리산 허리에
> 빛나는
> 눈,
>
> 맑아질 대로 맑아진
> 물가로 내려가,
>
> 물끄러미
> 심연을
> 들여다본다.
>
> ―「山居」 전문

1연에는 이 시의 계절적 배경과 장소적 배경 및 시적 대상이 차례로 제시된다. "추수 끝난" 가을의 "논두렁 길"에 핀 "노오란 감국(甘菊)"에 초점을 맞추던 카메라의 시선은, 2연의 "심심히/오르는 연기"로 이동한다. 1연과 2연의 시적 대상을 비추는 시선은, "추수 끝난/논두렁 길"의 쓸쓸함과 "심심히/오르는 연기"의 허전함을 담아낸다. 그런데 이 고독과 공허의 분위기는 단 하나의 부사 "멀리"로 이루어진 3연의 시선 전환을 거쳐, 4연에서 "빛나는/눈"이라는 희망의 밝은 분위기로 전이된다. 이 전이의 계기가 되는 것은 바로 3연의 '멀리'가 지닌 여백의 미학인데, 이 시는 이 여백의 미학을 가능케 한 시인의 시선을 5연과 6연에서 암시해주고 있다.

"맑아질 대로 맑아진/물가"에서 '물'의 이미지는 오염된 대상을 비추며 정화하는 순수 자연의 상징이다. 그런데 그것을 "심연"으로 인식하는 점에서, 이 자연의 물은 대상을 응시하는 시인의 내면적 시선과도 겹치는 이미지로 간주될 수 있다. '물'과 '심연'이 지닌 '거울'의 이미지는 정화와 새 생명을 낳는 시적 기능을 담당하는 것이다. 순수 자연의 '물'은 오염된 세상과 인간들을 정화시킬 뿐 아니라, 시인 자신의 내면을 비추는 자기 성찰과 정화의 계기도 제공해주는 것이다. "쌀밥 해 먹은 뜨물 차차 맑히며/흐르다가 가끔 금모래로 눈물 반짝이며,/기름종개같이 마알갛게"(「물의 노래」), "굴참나무 숲에 들면/옹달샘 하나.//옹달샘 가에 놓인/맑은 정화수"(「할머니」), "하늘의 해와 달도 내려와 비치고,/남 몰래 제 얼굴도 비춰 보기 좋은/희한하고 희한한 소망 거울 된다네"
(「소망」) 등은 모두 이 '물 – 심연 – 거울'의 이미지를 중심으
로 형상화되고 있다. 한편 앞서 언급한 대로, 김익두 시의
'여백의 시학'은 계절 감각을 통한 자연과의 유비를 통해서
뿐 아니라, 일상생활에 대한 관찰, 혹은 삶의 현장에서 우러
나는 진솔함을 통해서도 형상화된다.

> 쓰레기차에 매어달려
> 쓰레기 청소차에 매어달려
> 늙은 두 사내가 담배를 피우며 간다.
>
> 아침 새벽에 일어나
> 사람들이 함부로 버린 것들을
> 정성껏 담아 치우고는
> 쓰레기차 뒤꽁무니에 매어달려 다시,
> 또 다음 버려진 곳을 향해
>
> (중략)
>
> 잠시,
>
> 이월 하순의 따스한 햇살이 하늘에서 내려와
> 이들을 따라가며 가만가만 비춘다.

숙여진 고개, 희어진 머리카락, 내려진 이들의 어깨를
내려와 비추는 햇살에,

세상은 잠시 빛난다.

—「희망의 노래」 중에서

일상생활에서 흔히 볼 수 있는 하나의 장면에서, 시인은 세
상의 쓰레기를 치우는 정화의 의미를 찾아낸다. 누추하지만
성실하게 살아가는 이웃에 대한 긍정과 신뢰는, "내려와 비추
는 햇살"에 의해 하늘의 각광을 받는다. 시인의 시선은 지극
히 일상적인 생활에 밀착하여 그것에 깃들인 숭고한 하늘의
은총을 길어내는 것이다. 이 시에서 우리는 역시 한 연으로
처리된 "잠시"가 지닌 여백의 미학에 주목할 수 있다. 그리고
이 시는 "숙여진 고개, 희어진 머리카락, 내려진 이들의 어깨"
를 비추는 "하늘에서 내려"온 '햇살'을 제시한 점에서, 여백
의 미학을 가능케 한 또하나의 계기가 하늘의 은총에 있음을
시사해주고 있다.

김익두의 시는 자연과 일상에서 발견되는 작은 것에 대한
세밀한 시선을 통해, 그 적막과 공허 속에 깃들인 평화와 희
망의 빛을 길어낸다. '여백의 시학'은 '정밀감'이 깃들인
'물'의 응시의 시선을 통해 오염된 자신과 세상을 비춤으로
써, 겨울 속에서 봄을 발견하고 찾아가는 서정시의 본질을 보
여준다. 따라서 김익두의 시는 짧은 시상과 호흡으로 인한 단
형시의 형태에도 불구하고, 긴 여운과 시적 울림을 전해준다.

그의 시는 이러한 응시의 시선과 긴 여운을 통해 우리 내면의 우물에 신선한 파문을 일으킨다. 그러나 그의 서정시가 지니는 시심은 오늘 우리의 삶을 둘러싸고 있는 후기 자본주의 사회의 복잡 다기한 구조와 속성을 상기할 때, 소박한 차원에 머물고 있다고 볼 수 있다. 이 세속 도시의 번잡함에 대한 미적 저항의 차원을 통과할 때, 그의 시는 더 깊은 울림과 공감을 던져주게 될 것이다.

문학동네 시집 38
서릿길
ⓒ 김익두 1999

| 초판인쇄 | 1999년 11월 20일 |
| 초판발행 | 1999년 11월 27일 |

| 지 은 이 | 김익두 |
| 책임편집 | 김선혜 이진영 |
| 펴 낸 이 | 강병선 |
| 펴 낸 곳 | (주)문학동네 |
| 출판등록 | 1993년 10월 22일 제22-188호 |

| 주    소 | 136-034 서울시 성북구 동소문동 4가 260번지 동소문빌딩 6층 |
| 하 이 텔 | podo1 |
| 천 리 안 | greenpen |
| 인 터 넷 | www.munhak.com |
| 전화번호 | 927-6790~5, 927-6751~2 |
| 팩    스 | 927-6753 |

ISBN  89-8281-223-7  02810

* 잘못된 책은 바꿔드립니다.
* 이 책은 한국문화예술진흥원의 창작지원금을 받아 출간되었습니다.